海上絲綢之路基本文獻叢書

願學堂詩集

〔清〕周燦 撰

文物出版社

圖書在版編目（CIP）數據

顧學堂詩集 /（清）周燦撰. -- 北京 : 文物出版社,
2022.6
（海上絲綢之路基本文獻叢書）
ISBN 978-7-5010-7546-1

Ⅰ. ①顧… Ⅱ. ①周… Ⅲ. ①古典詩歌－詩集－中國
－清代 Ⅳ. ① I222.749

中國版本圖書館 CIP 數據核字 (2022) 第 065616 號

海上絲綢之路基本文獻叢書
顧學堂詩集

著　　者：〔清〕周燦
策　　划：盛世博閱（北京）文化有限責任公司

封面設計：鞏榮彪
責任編輯：劉永海
責任印製：張　麗

出版發行：文物出版社
社　　址：北京市東城區東直門内北小街 2 號樓
郵　　編：100007
網　　址：http://www.wenwu.com
郵　　箱：web@wenwu.com
經　　銷：新華書店
印　　刷：北京旺都印務有限公司
開　　本：787mm×1092mm　1/16
印　　張：12.25
版　　次：2022 年 6 月第 1 版
印　　次：2022 年 6 月第 1 次印刷
書　　號：ISBN 978-7-5010-7546-1
定　　價：90.00 圓

總緒

海上絲綢之路，一般意義上是指從秦漢至鴉片戰争前中國與世界進行政治、經濟、文化交流的海上通道，主要分爲經由黄海、東海的海路最終抵達日本列島及朝鮮半島的東海航綫和以徐聞、合浦、廣州、泉州爲起點通往東南亞及印度洋地區的南海航綫。

在中國古代文獻中，最早、最詳細記載『海上絲綢之路』航綫的是東漢班固的《漢書·地理志》，詳細記載了西漢黄門譯長率領應募者入海『齎黄金雜繒而往』之事，書中所出現的地理記載與東南亞地區相關，并與實際的地理狀况基本相符。

東漢後，中國進入魏晋南北朝長達三百多年的分裂割據時期，絲路上的交往也走向低谷。這一時期的絲路交往，以法顯的西行最爲著名。法顯作爲從陸路西行到印度，再由海路回國的第一人，根據親身經歷所寫的《佛國記》（又稱《法顯傳》）一書，詳細介紹了古代中亞和印度、巴基斯坦、斯里蘭卡等地的歷史及風土人情，是瞭解和研究海陸絲綢之路的珍貴歷史資料。

隨着隋唐的統一，中國經濟重心的南移，中國與西方交通以海路爲主，海上絲綢之路進入大發展時期。廣州成爲唐朝最大的海外貿易中心，朝廷設立市舶司，專門管理海外貿易。唐代著名的地理學家賈耽（七三〇～八〇五年）的《皇華四達記》記載了從廣州通往阿拉伯地區的海上交通『廣州通夷道』，詳述了從廣州港出發，經越南、馬來半島、蘇門答臘半島至印度、錫蘭，直至波斯灣沿岸各國的航綫及沿途地區的方位、名稱、島礁、山川、民俗等。譯經大師義净西行求法，將沿途見聞寫成著作《大唐西域求法高僧傳》，詳細記載了海上絲綢之路的發展變化，是我們瞭解絲綢之路不可多得的第一手資料。

宋代的造船技術和航海技術顯著提高，指南針廣泛應用於航海，中國商船的遠航能力大大提升。北宋徐兢的《宣和奉使高麗圖經》詳細記述了船舶製造、海洋地理和往來航綫，是研究宋代海外交通史、中朝友好關係史、中朝經濟文化交流史的重要文獻。南宋趙汝適《諸蕃志》記載，南海有五十三個國家和地區與南宋通商貿易，形成了通往日本、高麗、東南亞、印度、波斯、阿拉伯等地的『海上絲綢之路』。宋代爲了加强商貿往來，於北宋神宗元豐三年（一〇八〇年）頒佈了中國歷史上第一部海洋貿易管理條例《廣州市舶條法》，并稱爲宋代貿易管理的制度範本。

元朝在經濟上採用重商主義政策，鼓勵海外貿易，中國與歐洲的聯繫與交往非常頻繁，其中馬可·波羅、伊本·白圖泰等歐洲旅行家來到中國，留下了大量的旅行記，記録元代海上絲綢之路的盛况。元代的汪大淵兩次出海，撰寫出《島夷志略》一書，記録了二百多個國名和地名，其中不少首次見於中國著録，涉及的地理範圍東至菲律賓群島，西至非洲。這些都反映了元朝時中西經濟文化交流的豐富内容。

明、清政府先後多次實施海禁政策，海上絲綢之路的貿易逐漸衰落。但是從明永樂三年至明宣德八年的二十八年裏，鄭和率船隊七下西洋，先後到達的國家多達三十多個，在進行經貿交流的同時，也極大地促進了中外文化的交流，這些都詳見於《西洋蕃國志》《星槎勝覽》《瀛涯勝覽》等典籍中。

關於海上絲綢之路的文獻記述，除上述官員、學者、求法或傳教高僧以及旅行者的著作外，自《漢書》之後，歷代正史大都列有《地理志》《四夷傳》《西域傳》《外國傳》《蠻夷傳》《屬國傳》等篇章，加上唐宋以來衆多的典制類文獻、地方史志文獻，集中反映了歷代王朝對於周邊部族、政權以及西方世界的認識，都是關於海上絲綢之路的原始史料性文獻。

海上絲綢之路概念的形成，經歷了一個演變的過程。十九世紀七十年代德國地理學家費迪南・馮・李希霍芬（Ferdinad Von Richthofen，一八三三～一九〇五），在其《中國：親身旅行和研究成果》第三卷中首次把輸出中國絲綢的東西陸路稱爲『絲綢之路』。有『歐洲漢學泰斗』之稱的法國漢學家沙畹（Édouard Chavannes，一八六五～一九一八），在其一九〇三年著作的《西突厥史料》中提出『絲路有海陸兩道』，蘊涵了海上絲綢之路最初提法。迄今發現最早正式提出『海上絲綢之路』一詞的是日本考古學家三杉隆敏，他在一九六七年出版《中國瓷器之旅：探索海上的絲綢之路》中首次使用『海上絲綢之路』一詞；一九七九年三杉隆敏又出版了《海上絲綢之路》一書，其立意和出發點局限在東西方之間的陶瓷貿易與交流史。

二十世紀八十年代以來，在海外交通史研究中，『海上絲綢之路』一詞逐漸成爲中外學術界廣泛接受的概念。根據姚楠等人研究，饒宗頤先生是華人中最早提出『海上絲綢之路』的人，他的《海道之絲路與昆侖舶》正式提出『海上絲路』的稱謂。選堂先生評價海上絲綢之路是外交、貿易和文化交流作用的通道。此後，大陸學者馮蔚然在一九七八年編寫的《航運史話》中，使用『海上絲綢之路』一詞，這是迄今學界查到的中國大陸最早使用『海上絲綢之路』的人，更多地限於航海活動領域的考察。一九八〇年北京大學陳炎教授提出『海上絲綢之路』研究，并於一九八一年發表《略論海上絲綢之路》一文。他對海上絲綢之路的理解超越以往，且帶有濃厚的愛國主義思想。陳炎教授之後，從事研究海上絲綢之路的學者越來越多，尤其沿海港口城市向聯合國申請海上絲綢之路非物質文化遺産活動，將海上絲綢之路研究推向新高潮。另外，國家把建設『絲綢之路經濟帶』和『二十一世紀海上絲綢之路』作爲對外發展方針，將這一學術課題提升爲國家願景的高度，使海上絲綢之路形成超越學術進入政經層面的熱潮。

與海上絲綢之路學的萬千氣象相對應，海上絲綢之路文獻的整理工作仍顯滯後，遠遠跟不上突飛猛進的研究進展。二〇一八年厦門大學、中山大學等單位聯合發起『海上絲綢之路文獻集成』專案，尚在醞釀當中。我們不揣淺陋，深入調查，廣泛搜集，將有關海上絲綢之路的原始史料文獻和研究文獻，分爲風俗物産、雜史筆記、海防海事、典章檔案等六個類别，彙編成《海上絲綢之路歷史文化叢書》，於二〇二〇年影印出版。此輯面市以來，深受各大圖書館及相關研究者好評。爲讓更多的讀者親近古籍文獻，我們遴選出前編中的菁華，彙編成《海上絲綢之路基本文獻叢書》，以單行本影印出版，以饗讀者，以期爲讀者展現出一幅幅中外經濟文化交流的精美畫卷，爲海上絲綢之路的研究提供歷史借鑒，爲『二十一世紀海上絲綢之路』倡議構想的實踐做好歷史的詮釋和注脚，從而達到『以史爲鑒』『古爲今用』的目的。

凡例

一、本編注重史料的珍稀性，從《海上絲綢之路歷史文化叢書》中遴選出菁華，擬出版百册單行本。

二、本編所選之文獻，其編纂的年代下限至一九四九年。

三、本編排序無嚴格定式，所選之文獻篇幅以二百餘頁爲宜，以便讀者閱讀使用。

四、本編所選文獻，每種前皆注明版本、著者。

五、本編文獻皆爲影印，原始文本掃描之後經過修復處理，仍存原式，少數文獻由於原始底本欠佳，略有模糊之處，不影響閱讀使用。

六、本編原始底本非一時一地之出版物，原書裝幀、開本多有不同，本書彙編之後，統一爲十六開右翻本。

目録

願學堂詩集

願學堂詩集

二卷

〔清〕周燦 撰

清康熙刻本

願學堂詩集

序

余嘗讀秦風至車鄰駟鐵小戎無衣諸篇所言皆田獵馳騁攻擊戰鬬之事愾然想見其時之人喬佶雄鷙躍馬賈勇之槩下

而婦人女子亦知有赴敵死綏不敢含怨之意何其剛勁如此竊意五方之禀不齊東南之音柔婉而西北之音猛厲得之於天距今雖數千百年當有終不

可得而變者星公子生於秦其居郎河渭之間詩所謂載獫載驕同仇偕作故處仕宦又數躓數起不得大展志於時發而爲言宜乎多忼慨壯激怫鬱不自

持之致而我取其詩誦之和平溫厚絕無纖毫類其土風者豈地氣有時移易今之秦非昔之秦乎抑星几公子所操之音爲欲獨異乎其鄉也噫吾知之矣人

之可得而限者風氣也不可得而限者學問也風氣之偏惟學問可以振之星公子學道有年其造詣深矣而我區區拘一隅之風氣怪其詩之變不亦陋矣

哉抑又聞之古先王旣采天下
之音陳之觀其風歌之貢其俗
而又吹律定中聲以示之準使
柔婉者不隣於弱猛厲者不入
於傲無一人不欲納之中和之

內今日
聖主在上如有意乎轉移世會
一道德同風俗之事則星公子
之詩其權輿耳矣
旹

康熙辛酉季春日

吳門同年弟葉方藹撰

葉方藹印

訒菴

序

詩性情也匹夫匹婦胸中自有全經率吾情盎然出之或疾或徐或洪或纖或爲雲飛或爲川馳無適不可若有意乎人之贊

毀如吹竹彈絲敲金擊石諧其
宫商俳優爾矣昔李百藥見王
通論詩上陳應劉下述沈謝四
聲八病剛柔清濁靡不畢究而
王通不答薛收曰吾嘗聞夫子

之論詩矣上明三綱下達五常於是乎徵存亡辨得失小人歌之以貢其俗君子賦之以見其志聖人采之以觀其變今子之言詩是夫子之所病也古之立

言堯舜周孔至矣下此其顏孟
諸賢歟宋之大儒者曰周曰程
曰張朱其言具存其發之而爲
詩亦多矣不離乎人倫日用而
見鳶飛魚躍之機可以左右六

經而教無窮豈所謂大儒者道至而無取於詩歟澹園先生篤於道行修而立卓余愧未識其面茲春來補京邸始獲相接聆其緒論終日忘疲天人性命之

蘊即具於當前眞與昔聞不異越秋以所爲詩見示讀之意趣翩翩無事彫琢得詩人溫厚之旨焉把玩不忍釋蓋其觀於天地上下日月晦明山川流峙四

時所以行萬物所以生無非在我之極而握其樞機端其銜緩流於聲歌唫味之中以與之無窮孰非率吾情盎然出之不以贊毀爲意者歟明三綱達五常

徵存亡辨得失如河汾子所論
豈應劉沈謝所可同日而語也
澹園屬余序余鄙陋弗文率余
情援筆書之不知其可陋如是
旹

康熙辛酉中秋

年家弟趙士麟拜撰

序

凡文皆肇於經易書禮春秋即無有更沿其名者惟詩之名至於今不改何與或曰亦緜唐世嘗以此取士而當時愽學弘詞之科後代間復舉行之故肆聲韻者衆也余曰不然不見

夫風與水之有聲者乎露雷霜雪各
有其時過時則止而風雖變於四時
而未嘗止也金木土效用雖同而不
取為罷則無悅人之音惟水之用最
大與火同而聲更異也且詩之道可
兼四經而四經不可兼詩也於美刺

具吉凶之理於鋪揚備政事之跡二南始於閨門得禮之重者爲二雅終於幽厲得春秋之先者爲唐以此取士乃專限格律其失固無足論然獨不得比於告朔之羊乎余同郡周星公先生蚤擬巍科即列清班因得以

其暇吟哦木天之署詩輒工後繇刑
曹陞禮曹甫數日旋遭衡文之獄罷
歸林下益縱覽群籍數年而詩日以
富及起官光禄復還舊署未幾遇安
南國王黎惟禎遺臣朝貢兼以喪告
星公以有文望得預皇華使者之選

果不辱命而還其功甚偉事在容歲甲子乃未及報命適值南康郡守缺人特以星公補焉余聞之喜甚或曰星公非子所稱好友乎廿年郎署萬里使車今復沉淪一守子何喜若是蓋余與星公别且九年矣揚州去南

康一葦航之遇風利三四日可達而星公負經濟才歷数任皆非其地今其見長時矣且匡廬李太白讀書地白鹿洞朱晦菴講學處也余舟抵南康城門星公聞余至喜亦與余同也相見後酒間必論文則其言多根柢

程朱且謂頗悔從前工詩之非余聽之愕然良久復徐告之曰揚雄作太玄法言悔雕蟲篆刻不圖於吾友復見之然世有議揚雄者未有議董仲舒者仲舒亦嘗作賦矣詩賦亦何傷子與人歌而善所歌安知非詩詩亦

決非三百之舊然則惟貴善耳若因
世之連篇屢牘風雲月露者而竟棄
不為不幾於懲噎而廢食與詩不善
不可學不善尤不可語云斫檀不諦
得檕迷斯言取喻最廣吾願與君期
於善而已星公曰子言良是請即以

序吾之詩然余愧矣

時

康熙二十有四年乙丑首夏池陽同

學弟孫枝蔚豹人頓首拜撰

願學堂詩集上

臨潼周　燦星公著

憶家 以下辛丑作

家在灞陵東復東郊原百里古新豐門迎渭水春流碧坐對驪山晚照紅宮闕多存秦代址衣冠猶有漢時風自慚清署叨微祿三載鄉關只夢中

孫豹人曰可續唐詩正音

有感二首

當年大獵臨南苑翠輦青旂萬馬馳

天子戎衣親鞍射詞臣簪筆共陳詩帳開晴日龍鱗動扇轉春風鷺羽移誰道於今渾似夢沙城老樹叫寒鴉

憶昔瀛臺侍從年綠波萬頃漾紅蓮花前賜宴迷芳徑柳下聯吟過畫船學士承恩同載筆將軍警蹕自鳴鞭門湖幾月分今古望斷龍車不可還

冬夜西曹直宿二首

幾年清署裏獨坐倍悽然雪色庭前樹梅花歲暮天仕途同野馬人事半風鳶漏下中宵後空梁月影懸

朔風吹薄幕，不寐意如何。長夜鐘聲遠，空堦木葉多。
浮名留粉署，歸夢渡黃河。俯仰平生事，燈前一浩歌。

春曉亭八首 有序 以下壬寅作

蘄水縣東有玉臺山，漢張道陵煉丹處，蘚牀石竈宛然無恙。下臨蘭溪，溪水西流，蘇子瞻所云「誰道人生無再少，君看流水尚能西」是也。余友楊菊廬作亭其上，顏曰春曉，蓋用子瞻詞中「杜宇數聲春曉」之義。亭成徵詩，賦此贈之。

亭開春曉傍山阿白石粼粼映綠波日照東窗人未起遥聞隔岸唱漁歌

溪水西流不計年春波朝上潛如煙東風一夜桃花放紅日灘頭撥釣船

春山玉映翠雲流點點春花照畫樓何處遊人啞笑語綠楊斜掩小橋頭

山亭春曉亂鶯啼書滿藜牀花滿溪讀罷黃庭無個事坐看鷗鳥過前溪

趙錦帆曰
妙在用鬆

和風吹柳柳初黃。長曳低垂覆院墻。獨坐亭中調綠綺。新聲一派入滄浪。

微雨初晴曉氣生。杏花枝上叫鶬鶊。閒來登眺春如許。綠滿紅英無限情。

一帶清光畫裏開。半依江渚半山隈。仙人煉藥歸何處。石鼎雲封長綠苔。

咏罷晴川懷草樹。賦成赤壁憶江汀。兩公勝蹟垂三楚。復見風流春曉亭。

送龔扶萬守永昌

瀾滄江上武侯臺萬里山川百戰開炎地諸蠻天外盡春風五馬日邊來冰飛驛路經烽火月照荒刻半草萊此去盤根君莫厭白崖鐵柱紀雄才

趙錦帆曰雄峭蒼潤格調入古天然傑作

秋日同劉介菴羅巖旭登毘盧閣

高閣晴開萬里秋西風杖屨此同遊參差恒岳當窗見宛轉渾河入檻流天倒星辰低北極地連山海控神州凭欄滿目川原迥煙樹蒼蒼起暮愁

送趙錦帆左遷歸里

朔風吹雁滿蘆洲，把酒長歌涕淚流。碣石晴雲迷野路，黃河落日下孤舟。詩成燕市傳新句，酒熟梁園續舊遊。毛義有親還捧檄，故鄉煙月莫遲留。

王大愚曰：可咏可嘆。

冬至天壇陪祀恭紀二首

聖代崇禋祀郊壇侍冕旒彤雲迎御輦碧樹夾鳴騶
鳳籥紛三奏龍旂建九斿青陽將序轉佳氣滿圜丘

緹室灰初動升中告泰壇霜花凝玉仗月色映金盤
墠坫千年迹宮墻一代觀鐘聲天未曉風過翠裘寒

○○冬夜諸同人集傅雨臣宅得多字

寒星浮檻外把酒望銀河舞劍雙龍動論文數鴈過
臘殘青歲轉官卧白雲多清興容吾輩相逢一放歌

送竹淇園分憲粵東

三年粉署共含香憲節新持出建章燕市春風鳴劍
佩鰐湖瘴雨暗桄榔漢臣捧檄來雙鳳越士分醪醉
五羊此去東南稱保障銅標萬里鎮遐荒

○春郊即事 以下癸卯作

野墅春流曲潆洄古道旁菜花番井檻樹影暗池塘

林鳥當人叫山藤隔路香澗泉清可掬澼濯憶滄浪

王大愚曰如身歷和風清沼間

○送朱季多給諫分守湖北

禁院飛花滿御溝美人悵別鳳皇樓奏書左掖推遺直開府荊南控上游雲黯龍山朝慶馬風淸鶴澤夜停舟題詩還憶秋曹客好寄新篇到薊丘

○夏日齋居四首

退食門常閉輕風吹女蘿橫窓踈竹葉壓地老松柯倦夢憑飛蝶臨書擬換鵞披襟花底坐長日似山阿

萬東山曰幽閒沖淡儲孟遺聲

避暑北窓下。蕉陰入檻凉。焚香憑素几。啜茗對青緗。鵓鴿巡檐語。荼蘼引架長。興來扶短杖。放水灌魚塘。

盧餘庵曰幽事楚楚

獨坐清齋裏。蕭然處士家。忘憂當戶草。解語隔窓花。低棟喧巢燕。深林足啭鴉。軟塵飛不到。倚枕讀南華。

朝罷唯高卧。官閒得自如。小亭堪載酒。僻地少停車。欄藥春前種。畦蔬雨後鋤。夕陽烟樹色。市外有村居。

○詠懷六首

冬日寒風冽夏日毒暑侵羲馭不可駐日月遞相尋
我有撫鶴軒遥對西山岑落日照東壁藤花散晚陰
石門人不到獨坐彈瑶琴

孫豹人曰落日四語閒
適絕似常蘇州風味

竟日坐繩床寘懷窮大雅闃闃九衢陌紅塵喧車馬
出郭聊騁望清風來曠野白雲時往還飛鳥自上下
徘徊長嘆息幽思憑誰寫

東方希有鳥號爲百鳥尊垂翼覆滄海矯首望天門
俯視臨六合不敢縱飛騫鷦鷯借一枝飲啄自朝昏

物各適其性。小大安足論。

王勿華曰一部南華數語該盡

朝出城東門。群鴉噪廣陌。道旁老翁言。當年貴士宅。桃花既舒紅。梨花亦吐白。金尊玳瑁筵。花前夜宴客。屈指二十年。庭址長牟麥。繁華不可常。君子當自擇。

趙錫帆曰古趣深婉樂府佳調鮑參軍後不解爲此

昔有一老人。遇我梅山旁。獨坐巖松下。形容頗異常。雙瞳碧似水。齒白如含霜。甲子餘二周。世變幾滄桑。授我養生訣。佩之不能忘。回頭再欲覿。雲水空茫茫。

弱水不可涉崑崙不可攀羨彼九苞鳥來往彩雲間
朝日昇東海暮日墮西淵可憐齊景公牛山空淚漣
莊子齊物論放言強自寬願從赤松子可以學長年

王阮亭曰六首體格風味有嗣宗之遺意

○夏日宿白塔寺

崚嶒古刹幾經年偶杖青藜到梵天半畝松陰流澗水一簾花色靜爐煙層樓入夜鐘聲遠明月懸空塔影圓擬製袈裟常此卧不須于頓買山錢

○○秋日送工部方更大兄分司龍江

西風吹鴈過桑乾釃酒青門白露寒八月平湖天上渡六朝煙樹雨中看水曹詞賦推何遜江左風流數謝安一曲驪歌秋漸老臨岐立馬更盤桓

大西兄日聲情高亮非盛唐人不能到

喜同學申暘賓李培實登第賦贈

秋山讀古十年餘一日承恩拜帝廬盛世科名爭自重吾曹期許未全虛庭前花發傾新酒雪裏人來檢舊書幾載相違今始見湯泉樹色近何如

秋日趙鍾秀招同館諸子飲徐氏水亭

雨罷登高樹秋光處處分遠峯低落照野水起層紋
檻拂重堤柳窗停出岫雲參差涼吹晚脫幘散微醺

○○送趙鍾秀戶部分司武林

蓼花如錦滿江皋賦別津亭醉玉醪畫旆晴搖天目
樹孤帆夜渡廣陵濤雨餘竹閣秋風起月上花堤雁
影高西子湖邊饒勝賞新詩應在念珠曹

葉慕廬曰五六
清秀似錢郎

○○三月三日奉羈銓署用劉石潭韻以下甲辰作

閒庭古柏晝森森獨倚闌干向晚陰春去落花迷曲

逕夜來群鳥噪高林揮毫漫擬子虛賦抱膝空懷梁
父吟踏草萋萋人寂靜憂思無計寫瑤琴

擬豔歌行

西方有美人窈窕自含芳亭亭玉作骨曄曄霞爲裳
頭上雙絲髻足下五鳳章腰間七寶帶耳後明月璫
盈盈作細步顧盼生輝光簾垂兩孔雀帳繡雙鴛鴦
銀臺青銅鏡金爐百和香夫君何處去日日守空房

擬悲歌行

歷歷天上星皎皎空中月清光照我牀展轉腸如結

披衣當戶立。涼風正淒切。風動堦前草。草蟲聲悲咽。仰覩浮雲白。河漢橫天闕。牽牛與織女。相望兩愁絕。對面隔終年。豈在遠離別。

乾甫伯曰淒婉之極可歌可泣

擬箜篌引

公無渡河。河水澎湃揚洪波。濤翻日月墮重淵。浪湧山岳起盤渦。狂風怒號天光沒。馮夷打鼓鮫人歌。毒煙瘴雨相磅礴。飛鳥徘徊不敢過。千年老鼉。萬年毋黿。奮鬣揚鬐。莫敢誰何。一朝不自持。葬身蛟龍窩。忘

軀歷險操舟舫何如高卧南山陬公無渡河

擬遊仙曲

東方有彩鳳飛來入我堂褰衣乘鳳去瞬息歷八荒
忽過太微宮金闕玉爲梁瑤草當堦生白鶴戲銀塘
庭前雙桂樹清泠自生香中庭若有人朱顏佩明璫
食我青精飯歠我沆瀣漿貽我紫蘭佩披我素霓裳
囘視足下鳳化爲彩雲翔逍遙隔塵世優游壽無疆
辟穀甘寂寞徒勞漢張良

黃鵠歌

黃鵠東南飛一步一回顧徘徊霄漢間弋人得無慕
籠鸛雲間鳥釜沉池中鮒物理信無常相緣亦有故
北風何颼颼萬木垂霜露我欲凌空翔忽與鵬鳥遇
下飲天池水上宿蓬萊樹匪敢遠世間聊以全朝暮

〇〇懷趙錦帆

我友大梁趙司寇少室山中正好眠興到崖頭題木
葉醉來竹裏潄流泉雲光黯淡百年日樹色蒼茫千
里煙中夜懷君不能寐窗前月影空娟娟

孫豹人曰拗體自健李北地遺音

願學堂詩集

擬古四首

皎皎鞠陵日，直下虞淵岸。六龍奮迅武，周天匝昏旦。
嗟茲世間人，鷄鶩紛爭亂。不愁白髮侵，但惜黃金散。
青青磵下松，對之發長嘆。

飛鳶戾重漢，尺蠖蟠泥中。庶類有殊質，高下安能同。
蜉蝣悲夕日，蟪蛄泣秋風。仰視白頭人，皤皤壽無窮。
豈知王子喬，乃與天地終。

王幼華曰：劉文成得意之筆。

入山亦可漁，入水亦可樵。古人處陋巷，逸志凌雲霄。

駑驥馳千里遠近不齊鑣窮達各有分展轉徒心勞
田子方有言貧賤不可驕
豈能養頭角非雲不可行士人抱禮義須友乃成名
鮑叔相齊國管仲拜上卿明珠棄道旁見者按劍驚
如何漢終軍入關自請纓

王阮亭曰四章氣格自古

夏日憶家園風物偶成六首

驪山勝蹟數東峯古柏陰陰翠黛濃夜半月明空寺
裏隔林遙聽一聲鐘

繡嶺嵐光帶翠螺石泉如爽瀉山阿老僧岩下拖筇杖拾得松枝煮綠蘿

湯泉日暮樹陰移山麓凉風向晚吹浴罷披襟堦上坐華清宮裏看殘碑

灞陵柳色晝依依橋上高樓對夕暉幾處農夫穿水逆滻川綠漲稻花肥

渭陽渡口水雲蒸風動波搖碧浪層對岸老翁頭半白垂楊橋畔晒魚罾

秦皇古墓倚南山墓上苔痕照石班萬世雄心餘茂

草充泥誰復塞函關

王幼華曰六絕描寫景物可謂盡致

擬子夜四時歌

一夜東風吹桃花落未了不敢怨東風怨花開太早

入水不見蓮拾得子盈手已知苦在心安能再求藕

葉慕廬曰亦讀曲之佳者

空堦聞蛩語如怨復如慕羅衣百道縫有懷不敢露

苑裏雪獅子瑩然玉削成有心無人見日後自分明

王大愚曰樂府佳調

羈所答田漢元九日見贈同王文石賦

日擁孤衾卧短牀佩萸驚聽過重陽鴻飛北渚催寒陣菊老東籬憶故鄉憔悴文園憐病瘦風流供奉任詩狂話愁賴有同心友坐對空亭月似霜

懷王幼華

旅舍西風急挑燈夜不眠愁窺燕塞月夢繞渭陽天避地隣司馬居近龍門豪吟類謫仙相思千里外梅影亂窗前

懷盧餘菴

竟遂投簪志言歸鸚鵡洲衡山朝採藥漢水夜停舟
種菊同元亮藏書似鄴侯北堂親尚健膝下好優游

懷萬東山

傳雅真君子孤標卓不群胸中羅五岳筆下貫三墳
燕市樵前月緱山嶺外雲空堦頻悵望落葉正紛紛

懷劉公戩

避世脩然去閒居潁水東客來花正發驢起日初紅
兄弟皆詩友江天一釣翁何時高蹈志得與故人同

乾甫伯曰四懷詩俱有木葉露
下秋夜蟬鳴之意可謂清絕

十月三日蒙恩矜宥還家恭紀

忽傳丹詔自天來八月繁陰一旦開聖澤無邊垂雨
露臣心有愧感風雷兒童作見歸來喜婦子重增痛
定哀從此餘年皆　帝德南山作息頌蓬萊

季冬三日出都門口占

凜冽霜風送逐臣敝袍却謝　帝京塵常懷聖德同
天地敢道貞心動鬼神阜櫪全消千里志斑衣珍重
百年身閒園十畝驪山下重許桑麻樂賤貧

劉公儆曰讀此詩
忠孝不是兩橛

定興道中

攬轡范陽道，茫茫古信都。天文分畢野，地勢壯皇圖。霜雁群高下，煙林半有無。愁看山色晚，落日下平蕪。

保定遇雪

三關峙立拱神京，一望郎山玉削成。樹隱丹臺葛洪廟，雲連粉堞慶都城。寒氷凍結溪流合，荒草痕殘野燒平。不信歸途全寂寞，飛花點點送行旌。

新樂署中次壁間韻

落日城頭野色偏，征車歷歷破寒煙。風迴斷澗灘聲

急雪壓層岡樹影連故國遙瞻千里外　帝城猶憶五雲邊重來獨有蘆洲鳥嘹唳長空似舊年

井陘道中

驅車陟高岫諸峯鬱崝嶸石磴不容幰林坙相軋坱風鳴幽澗深雪霽丹崖爽嶺樹容似薺石花大如掌中有碧流泉飛巖激清響盤回萬谷中天光留微罅遙瞻建幟臺寒煙雜野莽淮陰悵已矣英風千載仰日極斷雲歸情隨落日往拊膺長嘆息不盡古今想

夜次壽陽

蒼煙四野合落日山光曛杖策問前途尚在崇岡背漁火隱孤村歸鴻悲遠塞月出行未息巖徑遥明昧

王阮亭曰似盛唐常建祖詠輩詩

山中即事

早行度山坳微雪在遠巘初日照高林迷茫目欲眩經過數家村青煙辨晨爨婦子舂籬間野人陶溪岸鷄聲出短樹馬蹄轉霜棧顧此勤儉民古風良可戀

平遥玉皇閣眺望

高閣連雲起前對中條峯昔年曾過此避暑憩長松

羽士兩三人留我洞霄宮璇題聳瑤臺玲瓏奪鬼工閣下有深洞竹揹午生風素琴掛石壁白鶴卧幽叢屈指今七載奔走屢西東生涯嘆蕉鹿世事悲轉蓬何如閣外山依舊青濛濛

謁郭有道祠

霜華木葉滿山陂展拜先生入舊祠雨後苔痕迷野逕風中松子落前墀折巾有道空遺像題誌無慚已斷碑立馬夕陽雲影暗徘徊百世想人師

韓侯嶺

靈石城南二十里諸峯岌嶪連天起硤崖陰森萬壑
寒霜風淅淅鳴谷裏嶺上舊有韓侯祠落日山光黯
野陂幽巖時見旌旆色深夜或聞鐵馬嘶將軍遺恨
逼今古隆準當年太莽鹵徒思猛士守四方忍使元
功竟醢脯呂后移劉計太工淮陰先死未央宮英雄
取次皆黄土清渭聲流咽向東君不見漢家社稷餘
荒丘行人至今悲韓侯

吳謹侯曰呂后二語爲淮陰翻
千古沉案惜不令隆準公見之

春日二首 以下乙巳作

避人宜遯世卜築在墻東倚戶迎朝日開窗納惠風
詩吟陶處士隣接夏黃公長晝無他事穿渠種白菘
十里桃花岸沿溪聽吠尨竹垂陰个个燕舞語雙雙
佳句揮銀管香醪滿玉缸歸來軒外坐月影上蓬窗

○酒川

碧水環如帶長橋渡彩虹人家春樹外城郭暮烟中
一旦繁華盡千秋悵望同行人經此地猶說五陵東

孫豹人曰
盛唐風格

遊華山贈王道士

猗華山之三峯攜青冥而上浮倒拖紫竹杖自上三
峯頂上遊羲和假道𢧐日車橫截白雲堆不流俯視
黃河如衣帶斜遶秦川百二州虹飛仙人掌鐵鎖蒼
龍頭玉女笑倚蓮花峯將軍怒踏鐵犁溝層巒疊嶂
猿兒孫老松古柏盤龍虬巖間野鳥無名字飛鳴上
下聲啾啾倏忽日沉崖谷黑雷雨欲來青天幽忽逢
一羽士自名爲湛靈不出石門二十有二秋眼底流
光似朝槿指頭世代如浮漚賣珠主第稱新貴種瓜
青門本故侯黃鵠未脫繳矰患飛鴻猶爲稻粱謀我

聞羽士言幡然釋百憂憑虛發狂吽已矣復何求仲連辭世歸東海君平賣卜隱梁州甪里商山食芝草子陵灘頭持釣鉤但當衣荷躡屩從爾任卧且共坐三峯之上頭

王頊華曰頓挫抑揚得青蓮之神理

潼關

天險稅函地雄稱古雍州黃河吞岸曲華嶽拄城頭官路連荆棘殘碑認漢劉停車還四望春草滿山丘

王阮亭曰三四雄杰

題橋頭溝關帝廟壁有序

乙未仲春余同旭公長兄省覲宿遷溝南有關帝廟余馬上偶吟兄書之壁間計今十有一年矣墨痕如昨兄謝世已五載撫景愴懷惻然欲絕依前韵賦之以誌感云

連岡古樹晚陰凉此日重來欲斷腸歲月無知人已逝乾坤有恨淚偏長悲風零雨驚鴻陣野岸荒村繫馬韁翹首塗山空悵望傷心不是爲他鄉

張茅山六言五首

嶺樹陰陰翳日，巖花的的含煙，疲馬遲回道左，征鴻嘹唳天邊。

疊澗廻峯野逕，斷橋流水平沙，日暖風和天氣，鷄鳴犬吠人家。

崎路高低處處，層巒遠近重重，白草樵人晚刈，黃粱村婦朝舂。

回首不知歸路，隔林遥見前溪，飛鳥迎人上下，野麋銜草東西。

落日幾家茅舍暮煙半啓柴扉木几繩牀留客田瓜

野韭充饑

王阮亭曰六言俱自然

洛陽懷古二首

遲日春將暮驅車古洛陽柳垂隋苑綠花落漢宮香
文字懷東觀松杉嘆北邙鴻都門下過何處問中郎

盧餘菴曰三四天然工秀

雨散諸山外東林曉霧開春溪流澗水晴日上雲臺
路紀燕秦里人談賈誼才遭逢原有數今古共徘徊

汜水

十年三過此，杖策復登臨。野殿仍荒草，山城半夕陰。黃金燕子淚，白璧楚人心。環顧無相識，徒勞澤畔吟。

鄭州曹知我別駕羅梅山劉泰瞻張樹風同年留飲席間賦贈

柳色毿毿草色萋，群峯巑岏紅日低。蒼煙四起山村合，行人徘徊嗟路迷。別駕曹君與最豪，昔年把臂白雲曹。一見故人談往事，殺鷄爲黍不言勞。劉子泰瞻稱好友，玉缸滿推縹清酒。羅子意氣凌青雲，愛客不減平原君。張子磊落任胸襟，高談雄辨動古今。醉倚綺筵燭花落，坐對高林月影沉。綠醑金尊君莫辭，河水東流無返期。朝葵暮槿君莫憂，飛烏日過西山頭。人遇陳蕃且下榻，賦成王粲共登樓。明晨分手東南去，吳山洛水兩悠悠。

吳謹侯曰：興致淋漓，筆墨歌舞，長篇能事無以加矣，可奪初盛諸公之席。

大梁留別侯餘古同年

繫馬長楊問故人，竹亭石逕靜無塵。雨餘青草堦前色，日暖紅鱗甕裡春。寶鼎焚香時隱几，金盤燒燭夜留賓。與君別後應相憶，三月桃花汴水濱。

陳州謁伏羲墓

華胥開聖祚木德應神皇曆數初元會埏垓總萬方佃漁滋世用卦象演文章道合乾坤大名同日月長丹青留像貌松柏護垣墻風雨生虛壁龍蛇走畫梁山川余爽氣草木發靈光（墓有蓍草）功業垂隆古明禋感後王石碑龜負蘚寶鼎獸噴香下馬虔瞻拜寅恭不敢忘

吳謹侯曰沉雄工麗當與少陵並驅千古

哭華鵝湖同年

客歲仲冬別于京師今春過潁州劉幼功傳
凶問痛不可言詩以哭之

高館寒風吹夕月濁酒孤罇話離別余也罷官君抱病相對不言心鬱結爲觴長歌代痛哭感念今昔聲悲咽疋馬蹩躠太行道每從北斗瞻京闕今過潁陽聞君訃不禁肝胆欲摧裂六年連袂長安陌此日悲酸那可說嗟君有品溫如玉嗟君有懷皎如雪彩筆一落蛟龍翔雄辭乍吐江河決于淵早殀斯文喪叔度不存吾道拙遙憐書戶巢蠨蛸忍聽荒缸叫魑魅

梁溪之水自淼茫夫椒之山空嶕嶢落日吳江秋葉飛愴然一望東南絕

王雪洲曰落月照屋梁無此淒切

莊子臺 臨淮

曉日塗山道漆園傳故廬白雲封戶牖綠草滿堦除栩蘧夢中蝶溪泥濠上魚南華樓下過不盡意躊躇

廬州丁道士山房

茅亭依水岸入檻暮煙霏老鶴臨池瘦閒花着雨肥散行常見性趺坐共忘機華表山頭鳥他年返令威

滁州豐樂亭次王弇州韵

環峯草色鬱葱葱獨立高臺萬境空野鳥飛鳴斜日外山僧坐話暮煙中荒藤石壁尋遺字古木流泉憶醉翁遊覽不知歸去晚行看月影美溪風

盧餘菴曰神韻超然不露斧痕自是七律上乘

揚州雜咏十首

平湖十里古邗溝白鳥朱荷水面浮六月南風吹不定徵歌日醉木蘭舟

王西樵曰吹不定三字寫得旖旎

碧流如帶跨紅橋。兩岸河亭放畫橈。明月樓頭人不見。柳陰深處自吹簫。

孫豹人曰詩中有畫

蜀岡臺榭俯江灣。日暮遊人載酒還。六一風流成往事空堂猶自說平山

野寺荒臺山逕幽。隋家天子舊迷樓。三千歌舞歸何處。綠樹斜陽照古丘。

蕪城風物憶隋朝。莫辨當年廿四橋。落日湖邊青草裡。幾群鷗鳥泛寒潮。

古殿蒼苔夕照斜秋風無處問瓊花遊人記取番釐觀訪勝頻來道士家

梅花岡上夕陽低煙鎖石橋橫水溪爲愛城陰風景好尋僧盡日話招提

別殿恩情最可憐玉勾斜裏葬荒煙幽魂冉冉如堪訴夜半月明江上天

王西樵曰語境幽窅正如青楓鬼語

廣陵城北竹西亭亭外諸峯向晚青杜牧題詩何處是歌聲日日過煙汀

閣起雲山秋正中少游詩句壓群公名賢勝會都陳迹賸有群鴉噪晚風王西樵曰何異寒鴉飛盡水悠悠

讀鄭士介年伯蓮舟卽事詩依韻賦贈

竹西亭路傍溪灣杖履逍遙任往還詞賦名齊何水部前官工部風流老過白香山筆搖雲漢光爭動酒映芙蕖色共殷臺閣經綸媢子輩次巖時爲侍御江村花鳥自清閒

〇〇前韵贈同館大西三兄

驪歌猶憶路河灣縱跡江湖竟未還自謝浮名辭北闕常開別墅臥東山客中樽酒三年夢水面荷花五月般回首風塵多悵惘濯纓亭上幾人間

送王阮亭禮部北上

層雲陣陣壓蕪城雨過湖亭曉氣清荷葉綠浮江上酒蓼花紅送薊門旌揮毫珠玉無今古夢草池塘有弟兄此去南宮余舊地秋風應動故人情

送質菴大兄往濠梁復有西湖之約

曉風吹雨暗紅橋西望平山去路遙鴻雁連天迷嶺

樹蒹葭滿地湧江潮愁來兄弟同吟社到處煙波放
畫橈暫向漆園尋故友藕公堤畔許相邀

秋日雨後渡江同潘鏡如

南出瓜洲浦長江萬里清微風秋雨過落日晚潮平
波湧金山寺雲開鐵甕城扁舟依古渡坐聽棹歌聲

王阮亭明府十字遺響

早發京口

曉日臨江上蒼茫水氣分殘煙浮鷺渚層漲起鱗紋
賈舶遥帆見漁歌近岸聞回瞻京峴嶺秋樹暗重雲

江上遇王西樵吏部歸維揚時余有武林之行

中流欣共遇握手話江村爲憶同憂患相憐如弟昆（西樵與余同以銜文獲罪）西湖秋泛棹東閣夜開樽到處君恩重深懷不可論

（宋荔裳曰得詩人忠厚之旨）

泊舟毘陵訪楊陶雲巢兼山（時兩君並被謫林居）

落日黃山下停舟問故人風塵同往事湖海共閒身細切銀絲鱠頻傾石凍春坐談不覺曉夕月下江濱

（葉慕廬曰蘊藉）

秋江風雨中讀離騷

長江風雨急巨浪拍孤舟煙波忽萬疊對之心悠悠

偶讀離騷經蕭瑟日巳秋繚繞溪雲合蒼茫野霧浮

呑聲泣文魚長嘆動神虯悲風千里來江水黯不流

搔首問青天不盡今古愁昔人類如此已矣復何尤

吳山歌贈王雪洲

吳山截岈蒼霞擧左瞰西湖右江渚王子雪洲曠世

才扁舟直下來荆楚昔年同余謁明光　帝詔讀書

中秘堂夜火晨鷄兩載餘不識其短寧識長以廢常改官給

諫罷歸黃門奏事專分判暫假詞臣掌省諫抗疏日上
未央宮朝野聞之皆色變問君何事拂衣回敝車羸
馬滿塵埃徘徊九州無住處披襟高卧吳山隈斗大
僧房君不厭圖書數卷壓几案揮毫時出驚人句萬
丈虹霓不可辨醉後悲歌聲慷慨青天白日轟雷電
關中周子宇星公出處大抵與君同漂流四海人不
識來上吳山第一峯故人相逢喜相見細汲山泉煮
芋莧曠然樓樓名居山頂上時余寓之高秋氣深挑燈話久不知
倦夜來風雨滿山阿四望蒼茫可奈何四望蒼茫可

奈何爲君漫作吴山歌

朱蕊裳曰欷嘘哽咽似盡不盡似了
不了古今人不能爲緣膽力小耳

西湖雜咏十首

秋光澄徹澹湖顔湖上諸峯點翠鬟日向西泠橋下
過輕風吹入畵圖閒

湖心亭外雨垂天舟子倉忙急進船客意暫教雙槳
住鴛鴦沙際正酣眠

南屏翠色鎖芙蓉淨寺寒煙起暮鐘明月照來湖底
潤清光倒揷兩高峯

石飯山頭落日暉秋林露冷桂香飛誰家年少湖亭
上醉臥花前未肯歸

斷橋南去是孤山鶴放亭空不復還處士清風千載
後寒梅幾樹照湖灣

十二樓臺近水居青帘搖曳映紅裾夜來燈火湖亭
望萬點明星散碧虚

六一清泉舊有名秋山孤樹憶先生高風一代憑誰
賞斜日空林野鳥聲

蘇公堤畔泛蘭橈霜染丹楓照六橋回首吳山烟樹

裹愁人秋色更無聊

鷲嶺何年飛向東故將靈隱號龍宮閒來忽憶虞王
句夜臥僧樓看日紅

王阮亭曰遂與
駱丞本詩爭雄

湖天宜雨復宜晴掩映波光百態生問水有名亭不
見夕陽湖上賦秋聲

○雙桂

愛茲雙桂樹常對小窗幽露冷連朝雨香生滿院秋
孤芳來月殿清影動江洲誰賦淮南句攀援喜暫留

九日同宋荔裳王蒼嵐盧長華萬東山羅鏡菴

龔孝緒閔宫用王古直葉元禮諸同人宴湖

上分韵得陽字

天涯景物又重陽勝友登臨漫舉觴十里湖光堆翠色滿林楓葉落紅霜香飄處士籬邊菊藥佩仙人肘後囊醉卧莫愁歸路晚秋空明月照寒塘

贈帚子寅先生

解去朝衣卧石泉方瞳鶴髮地行仙花前時酌松醪酒月下常諷綠綺絃令子銀臺宣 帝德老人瑶島

亭天年知君定有長生訣珍重丹經不浪傳先生精通內典既見余詩遂以秘篋相授

湖上片石居聽莊蝶菴彈琴

嶧陽之桐三千丈直上青雲淩沆碭古帝斲之爲素琴命曰離徽通神既前有瓠巴後師襄微音窮變妙無方次如蔡邕嵇中散青溪華陽不可詳維揚莊子傳遺法千載餘音在肉甲西風過我湖亭上爲拂朱絃仰閶闔上下屈伸始正聲淋浪流灘漸有情巍巍洋洋隨意鼓四壁蕭然秋氣清華嶽三峯何壁陡黃

河九曲掯下走洞庭霜落秋鴈鳴巫峽更深夜猿吼有時瞋目疑罷彈依稀聲在有無間絃手相得心已冥目融寒雪滴涓涓却入龍池遷細按促節清音更淒斷座中俱是他鄉人何人聞之不悲嘆羡爾飄然志不群三謫遊絃世未聞使携綠綺侍温室應承帝德歌南薰雲和之奏格上下感情豈但孟嘗君

王阮亭曰風格秀整聲情抑揚李東川之遺音也

仲冬十七日泛小艇過蘇堤第三橋茅家埠登岸覽三天竺諸勝越西嶺遊靈隱寺歷飛來

峯薄暮而歸

天寒湖水白淩晨泛孤棹湖南諸山峯曉日含清照
歩上跨虹橋漸可恣遠眺石磴曲折上山廻流泉抱
初過下天竺巖壑便竒妙竹樓半壁懸野鳥深林叫
扶杖歷崇險諸勝窮幽好暫憇三生石千秋留一笑
中竺與上竺愈入愈精與雲廻碧澗深霧歛丹巒峭
東過楊梅塢短屋臨孤嶠繚繞松間煙冉冉吐石竅
净室三十六窮年人不到復踰西嶺下頓失前山貌
靈隱古名刹莊嚴出天造住錫千百人共闡如來教

中有兩老僧見余能高蹈留坐冷泉亭灑然滌煩躁
山光入檻青簷角飛流瀑煮茗竟日談頗得明心要
廻歷飛來峯幻怪真難肖玲瓏萬壑通谷風日號噭
散步度前溪悠然逢故道

王幼華曰此首逼追古人是老杜是大謝是劉文成是高季迪吾無以名其妙

冬日同詹允諧冒雪泛舟湖心亭小飲

寒風激雪浪汗漫散平湖天光波底合山色望中無
小舠隨所發咫尺影模糊緩步湖心亭萬疊煙嵐鋪
詹子西泠士豪爽真吾徒興到詩千篇狂來酒百壺

願學堂詩集

蕪公橋自六處士山空孤流光迅如駛天地日凋枯安得紆陽轡暫繫扶桑烏

盧㮚庵曰天光二語刻劃殆盡

祝杭州毛南薰別駕

十年煙雨醉西湖司馬風流絕代無晝卧焚香琴自静春遊露晁鳥爭呼青箱家學三珠樹玉笈仙編五嶽圖更喜華筵稱祝日梅花佐酒宴蓬壺

祝姜紫環先生姜定菴都諫尊甫會稽人以下丙午作

累朝文獻推江左奕葉勳名第一家　帝簡良臣扶

社稷天留遺老卧煙霞春風修禊蘭亭會雪夜懷人剡水槎元日初逢仁者壽瑶觴酌酒泛椒花

祝王瑞虹先生六袠 王景瀾文學尊甫錢塘人

先生家住近湖濱杖履優游烏角巾園內秋風堪種菊灘頭曉日好垂綸延年煉就爐中石繼業群推席上珍從此絳人添壽筭重將甲子紀長春

書金嘉賓年兄遺像

憶昔聯袂侍彤廬風雨相同三載餘今到君家不見君松陰竹影橫堦除老父閑門長晝卧孤兒蔽體麻

衣破我心忉怛不可言無那西風雙淚墮

先皇當日重詞臣親遴四十有四人可憐龍髯昇天後死生淪落難具陳死者如君巳七子陳長公蔣辰生許盡臣華續長劉去嬉鄭於巖與嘉賓共七人生者飄零何所止君若有靈應我問子後何來亦至此

葉慕廬曰感念存沒歌以當泣此山陽鄰笛之聲也

代孫無言答黃山詩二首 有序

孫無言將歸黃山友人贈詩幾千首余病其意多同王西樵告予曰近嚴灝亭先生有代

黄山招無言詩余聞之而喜黄山有招無言

不可無答也代作二首

賦別山居後浮沉不自期嶺雲愁裏望溪月夢中窺把筆長吟處御盃高卧時同頭郭郡路無日不相思

昔有買山隱況當予故鄉苔痕迷曲徑蛛網結空堂書劍飄零久巖溪歲月長歸來應不遠好爲理匡牀

王阮亭曰送無言者多矣先生二首獨有別趣

贈孫豹人二首

綠幢熌熌鬢如銀四壁蕭然不厭貧醉後憑陵狂叫

絕綠毫題畫廣陵春

柴門寂寂畫常關列國風謠子細刪爲憶鍾嶸無處
問千秋詩志在平山 豹人撰十五國詩志

秋日歸自維揚

行止渾無定浮沉與世遊鄉心潼渚樹客況廣陵秋
歲月消書卷生涯付酒籌西風解纜日歸興滿滄洲

山行

落日登高峒秋深野色連寒雲盤古木宿鳥下晴川
作客羞彈鋏從人學種田驅山望不遠策馬夕陽天

門人趙宗業曰格高而謝老較
之襄陽臨洞庭諸作難分伯仲

願學堂詩集上終

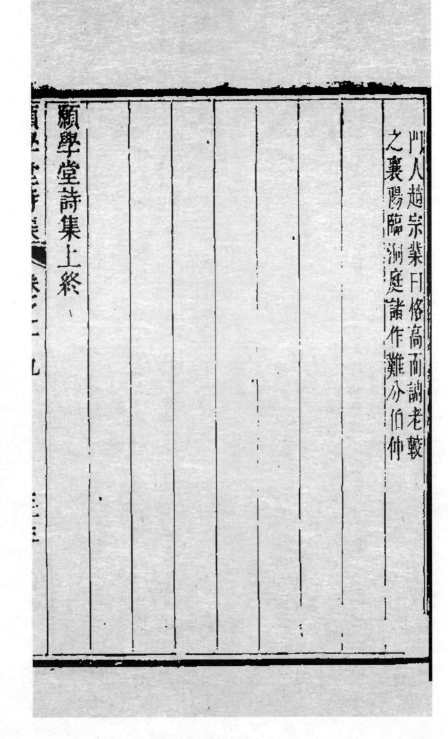

願學堂詩集下

臨潼周 燦星公著

擬長相思 以下丁未作

長相思相思何所極乃在扶桑之下東海之東三山斜挂珊瑚樹方丈中懸蕊珠宮蕊珠宮闕玳瑁粱水晶桄簟生寒香芝草琪花開滿院白玉堦前鳴鳳凰挹朱露酌瓊觥仙人投壺仙女吹笙瀛洲宴罷閒無事笑看海水飲長鯨長鯨怒吼海風黑咫尺蓬萊辨不得仙人仙女都不見東皇手把九華扇立向碧空

試一揮萬里波光澄海何紅日曈曨天地新絕倒驪
山頂上人

擬霍將軍歌

長安大道羽旄紛驪黃驂褭如雲屯中有錦袍繫繡
帶云是漢世霍將軍將軍親受武皇命夾輔王朝威
命重諸子盡爲關內侯列孫不數尚書令门底風雷
下九霄百官奔走似鴻毛隨意指揮皆令典定法何
必須蕭曹朝外新開元勳府朱門左右陳金虎雕梁
畫棟空中懸明珠翠羽排雲母毯看金穴用不盡買

取吳兒教歌舞丹書忽下明光殿特遣中官賜金券天子嘉爾輔相功用誓河山作屏翰老臣感恩謝未已豈知新帝有深旨不留薄待功臣名故將殊禮全終始一旦身亡妻子死葢世功勳同逝水茂陵徐生不解事殷勤日上徙薪計

月夜同常德符舅氏坐話

河漢澹無際晴空孤月明橫窗疎樹影遶砌亂蟲聲早歲浮名謝中宵暑氣清同心惟舅氏共坐話平生

王阮亭曰起四句不減布衣襄陽

送王信初侍御還朝

當年連袂侍蓬萊早識先生命世才校定五經留虎觀敷陳六賦重鳥臺登車華嶽秋雲曉把筆黃河巨浪開此日還朝蒙 帝簡遥瞻紫氣滿中台

送王嶽生給諫還朝

露下長空秋氣清送君此日入承明湑川紅葉開離宴華嶽晴雲遶去旌御宇初開 皇極正陳書早奏泰階平茂陵獨有相如在空憶當年獻賦情

九月一日登鴈塔絕頂懷李叔則先生叔則有鴈塔記

崔巍古塔起層空秋霽登臨氣象雄坐近諸天廻日月門臨八水遶西東曲江野樹迷唐苑泰畤晴雲鎖漢宮懷古有人蒐往事青蓮綵筆許誰同

孫豹人曰逼宋佳篇

過盩厔馬絳巖同年招飲席間賦贈依韻奉荅

深秋景物倍蕭然高館張燈話别筵鴻鴈感時鳴月下黃花留客媚樽前天涯意氣推吾輩海內文章說少年好比陽城勞撫字山村落日半無煙

九日興平道中

蕭蕭匹馬嘆長途，日冷霜繁鴈影孤。風雨連牀懷北寺，甲辰九日余與王文石同羈西署，田漢元賦詩見贈，各依韻答之。樓船載酒憶西湖。乙巳九日余遊武林，同宋荔裳、王蒼嵐、萬東山二十八人泛舟西湖，獻酒賦詩。賦成愧北秦公子，天問難憑楚大夫。何處黃花開勝會，龍山佳典未全無。

王阮亭曰：老格高調。

哭盧餘菴二首

盧子三湘士，深懷獨有君。青藜分夜火，西署共秋雲。

詩本精文選，書應契右軍。餘菴雨次同官，善書，嘗謂余晉魏古詩非人選者不

可讀

可憐吾友喪此道竟誰聞

余泛吳門棹君來越水舟他鄉欣聚晤勝地共淹畱

詞賦湖山麗存亡歲月流餘菴行藥浙東余遇於武林乾坤雙眼

淚揮灑滿江洲

送劉介菴戶部還朝以下戊申作

春風河上柳初黃再拜新恩入建章揆藻爭傳王國

士持籌獨重尚書郎朝廷有詔寬征斂草野仍聞泣

酒漿此去如承前席問好將民隱奏君王

李勉菴曰如此贈答方合古人

龍門

河水來天上，奔騰爭一門。地開山半坼，日湧浪高翻。疏鑿神工大，平成帝業尊。不須勞漢使，迢遞問真源。

王阮亭曰：不減子美峽中諸作，集中以此爲壓卷。王幼華曰：雄渾之氣與龍門相副，小家數不可彷彿。

夏縣贈劉幼功同年

劉子南國傑，高才負遠署。禹城領簿書，澹然甘守約。爲政行無事，簡易蘇民瘼。綠稻隴上麥，夜靜關門柝。鳥雀休林木，父老忘城郭。政閒移花竹，不廢風雅作。

琴酒娛友生簪纓若無着下謂上何有官民兩寂寞
時事正煩促到處困束縛安得盡如公斯世還渾噩

山中紀事

鬱紆幾百里斷硤窮深谷危崖突如墜層巒莽沓複
巉巖石逕仄崎嶇馬蹄蹴轉岸數家村樹柵編茅屋
鑿井不見泉遠汲前山麓水到饑無儲磵邊采野蔌
我過高原下慘聞山婦哭皮乾眼有眶骨立肌無肉
懷中有小兒索乳哺饑腹未見兒腸飽已覺母氣縮
繡戶捲珠簾氷簟涼風謖華筵歌舞煩揮扇雙眉蹙

窮通固有分天豈任禍福攬轡歷山阿安敢嘆碌碌

葉慕廬曰感事書情如詠石壕諸作

懷乾甫伯父

青氊曾一試歸臥故山隈野樹當軒種柴門向日開
高風追魏晉幽處似蓬萊更喜傳經者翩翩小謝才

午日傳野縣示郭雲瞻同年

客裡逢佳節如何興轉微白雲親舍遠青眼世人稀
蒲葉愁斟酒綠絲懶繫衣良朋花縣宰款問獨依依

新城北郭寺二首

野寺多喬木陰森白日清穿林黃鳥細垂架綠蘿輕
花發無心豔蟲鳴不了聲風塵聊駐足漂泊歎餘生
月明當戶牖蕭颯晚風凉破壁蒼槐古平畦野菜香
河光低樹杪燈影靜禪堂獨坐聞清磬翛然萬慮忘

思兄詩四首 以下己酉作

迅飈掃幾縣攜持潛谿谷層崖幽逕通刈草搆曲屋
飢寒互相侵卷帙時在簏浩歌空山下清響振林木
余方總丱年新篇口授讀竊擬西堂夢不作窮途哭
憐余愧小謝思君悲大陸雪壓簷前樹鳥啼嶺上竹

昔日同苦辛今茲不可復東山邑東家溝雖亂雲飛潸然
傷心目
萬里蜀天外剖竹曲山下梓潼縣榛莽蔽郊原虓虎交
躪藉天陰風雨暗幽燐泣中夜司文有遺祠山有文昌祠
出入依荒榭捐金撫流遺履亂勸耕稼人服舊田疇
野樹新桑柘諸生執經至援徒開學舍雲蒸創新社
雲蒸社名蔚然行文化稽古循良傳厥幾卓魯亞芳蹤猶
在邇千秋餘悲咤
佐郡赴東粵省覲趨下相宿遷三月柳花飛聯鑣闖門

上揚鞭指大河洪濤爭決瀁曉日熊耳秀春波墨池漲竹川共聞嘯梅峯同策杖方歡鏟吾會旋聞陽關唱孤舟渡江霧邉亭腑海瘴三載炎荒地故鄉溯難望寒食寄新詞讀之心悽愴哀哉白馬詩大雅空淪喪

驅車東南遊偶過途山道朝日散林壑寒煙縈蔓草春華紅吾樹望之心如擣人情有悲歡景物殊醜好爲政饒奇理坐使狼煙掃鈴閣揮絲翰詞壓元白倒有才終見累惟善豈爲寶丈夫事違累致身悔不早

三言市上虎微軀不自保少游居鄉里乃得全壽考

王阮亭曰讀四詩而不感動者其人必不友然余爲掩卷者數矣所謂悲者不可爲案歟也

李勉菴曰古人云情真則語至先生至性過人孝友純篤豈但詩逼古人哉

雜詩四首

娥哭感夷門騶歌動齊右曲藝能移人習成類天授
士爲齊民望聲聞重宇宙翺翔禮樂場出入文章囿
豈曰矜自好存吾高曾舊

志士多苦心所期在千秋古人惜寸陰孜孜不敢休
終生年十八請纓樹奇猷人苟自奮勵豈須待白頭

愚生好偷閑空嗟歲月流
幽蘭無人采菲菲自含香璞玉無人見奕奕自有光
士豈因世棄不自檢行藏美人坐空閨曉起整羅裳
雖無夫壻好七誠焉敢忘
磨久石亦磷濡深漆亦斷君子抱素志不爲流俗變
山高乘欙升河廣憑楫泛肝膈吴越殊反覆雲雨幻
吾道貴履常勁草疾風見
王阮亭日不獨詩格古
雅亦見先生學術之正
咏枳贈靳蕊軒文學

三月桃花放爛熳遍谿谷恣眺饒艷質靜對鮮清馥
偶憩芳枳下青蒼翠欲撲勁枝挺綠玉輕芬散素縠
披襟石上坐瀟洒快心目頗覺殊世好聊以慰幽獨
主人鶴髮翁依厓構茆屋濯足清流岸振衣春山麓
招飲夕陽下酒濁巿堪漉愛君能遠蹈獨享山林福

暮春同常德符舅氏陳心伯表兄仲兄漢公南
郊五首

三月韶光暮風和日漸遲竹窗眈晝臥起見午陰移
寡營心自閒地僻景更宜謝公着蠟屐山公倒接䍦

乘時希賢踪策杖任吾之
麥浪浮塍埒柳陰接地稠夾道清渠水灩澹左右流
灌溉隨高下蔬苗綠漸抽童冠三五人幽賞恣探求
涉溪憩長林披草坐高丘
古柏類欲卧因風鳴翠濤層嶂連雲起落日照山腰
上有太陰宮綠樹鏁紅寮陰符發秘扃微言契一朝
傳經人何處澗阿空寂寥
玉池連環砌當年浴太真漁陽忘上罷蜀道嗟蒙塵
握圖無善理流泉豈禍因白鳥戲靈沼化洽江漢濱

皇英侍帝側光華弘一人

寂寞長生殿千秋隱翠微輦路埋春草女墻帶落暉人事無終極流光轉盼非蒼煙起遶岫高林鳥亂飛鄉盃傷往事日暮竟忘歸

王阮亭曰五篇古雅高槩作手作手

夏日閑居

首夏時正佳幽棲復吾性孤榭森清敞窗空白日淨窗槐綠匝地亭亭午陰正疎欞受緒風高枕羲皇夢鳥鳴晴乍覺雲潛心無競榴花紅遶砌琴書相掩映

閒居竹爲友醉來清者聖緬彼陶徵士千秋可自命

王幼華曰雅澹

夏日侍　家大人於　伯父西園同四弟咸姪

採兒

晏子宅鄰市潘生居面城達人處里巷隨在有餘清

夕陽下高樹風動晚涼生修竹矜餘綠幽禽隨意鳴

兩疏抱達志諸謝振英聲家有賢孫子門多好弟兄

日長歡聚晤怡然暢中情

王幼華曰夕陽下高樹四語啻挪妙境

葉慕廬曰古人論詩恒以古體定品之高下先生已酉諸作清真雅潔俱從至性流出逝于自然誠足超邁尋常萬萬矣

上少師衞相公十二首

二儀攸分五精遞運雲覆火流惟德是順鴨綠波澄

帝出乎震肇造區夏乾綱克振

聖祖宏功 神宗懋德於昭 先皇撫有萬國偃武

修文四方是則自西自東自南自北

欽惟 今上廣淵齊聖象賢邁啓廸德追誦樂和禮

備天錫瑞應璽符河圖萬年集慶

元首惟明股肱惟良寅亮天地燮理陰陽嵩高降神
箕躔凝祥名世篤生泽水之傍
卓矣夫子懿德性秉峻節千尋淵懷萬頃錫賚金門
鳳翥華省九列洊臻三事兼領
坐沃　先德夙夜匪躬我　后紹衣眷念彌隆若礪
于金猶翼于瀉退思補過進思盡忠
畢散佐姬丙魏翼漢清正和平仰符令範乃心王室
坐以待旦居無崇宇食不兼饌
拜手稽首衰病臣侵　帝念良弼軫切朕心暫錫歸

沐匪貽長林跂予望之溫樹夕陰
金出上方馬命国人豈曰異貺念我老臣車賜平當
祿賠鄭均名位寵榮曠代無倫
伊予小子伏處潼曲謬承獎借燕石襲玉珥筆鑾坡
覩書芸局處非其據日夜跧跼
鷄緣賤瀹鴈之善鳴尹信彝衣孔嘆塵羨中夜徘徊
憂思縱橫敢曰白璧燒之愈瑩
惟我夫子　帝用是憑無虛綸扉澤我黎烝何以望
之輔弼凝丞何以視之棫栢岡陵

王幼華曰十二首用選體而
去其縈縛之習亦傑構也
李勉菴曰諸篇
俱典重無浮響

秋日苦雨效 大伯父韻

秋來多悲思細雨復連緜瀰漫垂天低屋角似流泉
曲逕青苔覆跡疎籬野豆懸蟬聲鳴樹裏獨坐歎華年
獻賦名空藻傳經業未專惜日常多畏甘貧不受憐
涼風自西來當戶展遺編雲光映古道爛然炤眼前

題宋雯軒先生生壙

荊山之南渭水北盤礴靈光天五色高賢遠出微子

系奕奕聲華動四國少年磊落不群才新淬芙蓉向日開熊車手采聽中土豸府霜威領外臺望倚藩屏資保障情深松菊賦歸來歸來樂隱櫟陽東竹杖芒鞋處士風採藥會遊太乙頂高吟時過華清宮閒隨青鳥卜南野佳城秋日照石馬墓木已拱人未老滕公不必東門下炯炯雙瞳兩鬢斑蓬萊別院待香山應騎白龍返天上不愁銀燕出人間余亦鮮組訪丹砂他日相逢東海涯攜手層霄歸故里南北山頭望舊家

孟冬同申暘賓南刻閒步

初冬寒未劇，攜手步山阿。秋色留紅葉，煙光散碧蘿。窮愁工部病，疎散步兵多。歸路乘明月，高空有鴈過。

庚戌四月三日蒙恩賜環恭紀 以下庚戌作

投簪自許卧柴桑，忽報徵書下建章。聖鑒九天懸朗日，臣心六月對寒霜。揮毫殊負鑾坡草，典禮深慚畫省香。侍從兩朝無補報，祗將清白獻君王。

哭壯兒 三月十九日 以下辛亥作

嗟爾方歲餘，質性頗端良。行不假提攜，語解呼耶孃。

愛爾如拱璧胡天降禍殃俞跗無良術巫覡失禱禳
朝辭襁褓中暮棄沙石傍朝爲父母愛暮被螻蟻戕
黃昏風雨急誰爲爾蔽藏夜半狐狸過誰知爾驚惶
余年三十六罪孽不可量所生六男子五子俱夭殤
殁者悵已矣存者願安康豈爲膝前計聊以慰高堂

夏日北上宿洪洞署中時久旱新雨次壁間韻

呈劉子方同年

踈雨凉風度高軒得暫留煙雲迷故國宮闕望皇州
堦砌槐香散郊田麥浪浮知君饒善理甘澍滿平疇

立秋後夜坐次侯蓮岳前輩韻

西風昨夜至，靜坐頓忘憂。雨色消殘暑，河光動早秋。聽蟬欹竹枕，揮麈倒茶甌。白雪聞同調，高吟庭樹幽。

送劉峻度赴曲陽令 峻度本泰人籍揚州

清門奕葉本西京，覽勝邗江有盛名。曹氏文章愛公幹，漢家經術重更生。叶平，見劉後村詩 三秋白鶴雲中度，百里朱絃月下鳴。最是長安天尺五，早將殊績奏承明。

送張讓伯戶部扶太夫人柩歸里

秋冷燕山木葉飛，西風憭慄送麻衣。板輿初遂地官

養素緋俄聞慈母歸月落荒村鷄唱曉霜寒野渡客
行稀征途叨但還珍重莫使椿庭淚暗揮時太翁同行

哭王子陶學憲

嵩高峻極大河流君家兄弟起中州子陶爲文安公弟筆吐
虹霓森萬象文成琬琰重千秋昔年共事白雲署白
雲樓下開樽處趙錦帆萬東山盧餘菴楊菊廬皆好朋一時王
李齊名譽嗣君持節向齊東余賦歸來繡嶺宮九龍
池畔山光好高吟時時憶岱宗客歲策蹇長安道旅
館寒燈愁自照若有人焉衰絰至謂君已赴玉樓召

驚起循牀悲且呼曉風颯颯樹啼烏十年朋儕半凋
喪忍令吾道日益孤遍向同人問近況疇昔之夢竟
不妄素車白馬愧巨卿醉吟西州空惆悵已焉哉嵩
高之山長崔嵬河水東流不復回崝嶸山樹紅藥草文安公有崝嶸山房集子陶有紅藥壇集秋風萬里使人哀
鄭次公曰悲涼激壯堪與空同匹響

秋日詠懷

僂人堪釣魚偃人可射鵰而我具百骸一事未精善
把筆輸隋陸馳戈羞絳灌仕途如履闖進退兩未便

秋來苦淋雨白雲迷天漢草蟲鳴嚶嚶愁人腸欲斷

送高弗若少司空歸里

秋冷芙蓉露未消冠裳祖帳暗河橋水衡特許煩元老休沐新恩拜聖朝野岸牙檣連月渡山房丹詔帶雲燒龍門好景無多戀當宁塩梅早待調

哭朱天襄唐岳鄰兩同年

秋雲慘淡日黃昏淒響同時到薊門禺嶺寒煙空壟淚唐武康人鄧湖夜雨暗消魂朱上海人直同金馬懷交誼佩賸銀魚念主恩回首鳳池連袂者十年零落不堪論

鄭次公曰文生於情
秀麗中依然沉摯

家伯父緘示新詩使旋寄呈

驪山曉日照高秋石逕茅亭事事幽几上琴書堪伴老堦前松菊可消愁思鄉有句題雲雁諧世無心任海鷗漫許風流稱小阮竹林佳會願難酬

夢中憶四弟得詩二句足成一絕寄之

湯泉樹色起寒煙千里秋風憶惠連愁向征鴻題錦字離情繚繞暮雲天

送任雲石分巡洮岷

牙隊西風出建章外臺分憲古洮陽霜飛玉帳瑚弓
勁日耀金城鐵馬驤隴女吹笙迎畫旆羌童擊鼓獻
羱羊漢家舊重燉煌地佇有徵書下未央

鄭次公日雄渾
整練七律長城

祝大宗伯王公十五韻宛平人

聖圖開宇夏元輔降喬嵩仙譜綠山遠家聲方岳隆
清襟人似鶴高步氣如虹鳳翥三秋日鵬摶萬里風
校書磚影靜歸院燭蓮紅藻掞縱橫筆葵傾啓沃衷
成均再令範銓典號清通既秩神人祀因居禮樂宗

班聯贍紫禁保傅重青宮道合君臣契勳高父子同
朝章欽總憲邦土掌司空張氏七傳貴楊門四世公
謭材憐樸樕化雨潤溟濛仰溯淵源誼俯慚陶鑄工
長歌情未已大斗慶無窮

送任訒菴之滕縣令 以下壬子作

十載金門客一行綰黃綬丈夫樹功勳時會良難遘
我聞古滕地百雉臨河右坤靈近失馭水庸時撓鬭
蝨賊再三書農荒畝畆舊莊墟南北衝絡繹輪蹄輳
天儲萬艘來輸輓飛急溜吏嗟技鼠窮民嘆群羊瘦

吾子濟時才何以施補救于興建井田鄰堡礎負就
大道在人行賢哲無先後

鄭次公曰古道深情一往而足如此贈送方是吾輩交情

送少司寇高念東先生歸葬

當代稱名世如公有幾人滄溟齊浩瀚泰岱比嶙峋
道範宗鄒魯文章邁漢秦鑾坡資論著鳳閣掌絲綸
冢宰平邦治天潢贊懿親嚴霜烏府法惠日鳩曹春
千載明良會兩朝社稷臣股肱元倚重風木動悲辛
丹詔宣金馬黃麻賁石麟生成恩並報家國念俱伸

鵉質慚猶子龍駒步後塵登堂修拜謁發覆荷陶甄
車馬辭燕市冠裳餞潞濱離情官道柳歸典故鄉蓴
北闕恒虚席東山早返輪

送高冀良赴龍里令少司寇念東先生子

氷泮河橋柳色舒雙鳬曉日出彤廬徭人萬里瞻下
化鳥語三春送客車曳履北辰親舍遠種花南徼吏
情疎遥知退食多縈念囘首白雲繞玉除

送黃泰升督學江西三首

晨起步庭堦朧曈日方旦好鳥鳴中林聽之發長歎

吾子抱素心相期以歲晏幾載長安道盃酒時對面
忽當遠別際遙望白雲亂
春來無意緒郊門日送友草色咸陽道（謂劉介菴）鶯聲湖
上柳（謂韓子瞻）悵然苦離群復與子分手燕臺五月天榴
花紅對酒良朋遠別去好景我何有
丈夫志四方安能常相對所貴千秋後共留面目在
西江文獻邦主持屬我輩彭澤水渺茫燕山雲靉靆
千里遙相望各當念故態

送朱荔裳按察四川

綵綸色煥五雲開繡斧新持領外臺十載臣心懸日月一朝　帝鑒動風雷巴江夜雨連檣渡棧閣山花擁騎來此去聖恩何以報澄清萬里見雄才

鄭次公曰高華處李滄溟不能過也

送李曉生先生分守兗東

璽書朝下未央宮特簡名藩控二東瀆海山川留勝蹟前任雲南臨沂草木望雄風雨餘按部春郊外詩罷啣盃夕照中時念西京門下士浮沉十載任飄蓬

送番公兄之丹陽令福建人

上林鶯語遶番陽共聽鳴珂出建章閫地儒宗尊茂叔宋家婁秩屬丹陽行車雨過花盈縣卧閣秋深月滿堂白日看雲應繫念好題北鴈寄離腸

謁孟子廟

丹垣綠樹晝森森古殿秋風敞夕陰歷聘齊梁陳王去聲業直排楊墨正人心機堂俎豆崇賢母廟內有機堂祀孟母宣獻夫人闕里宮牆近孔林廟在鄒縣去曲阜五十里慚愧後生真自棄嶧山絕緒到如今

葉慕廬曰三四予輿實錄

謁孔林

秋原落日照高岑繫馬荒郊拜聖林壇樹初驚霜葉墮蹕亭閒鎖野雲深（内有宋真宗駐蹕亭）周流七十安懷志教育三千贊述心願學場前端木子（傍有子貢廬墓處）遲回洙水想餘音

登泰山

岱宗名嶽鎮齊東晴日登臨四望空遥對華峯秋氣白俯窺滄海曉雲紅避松尚記秦皇碣檢玉難尋漢帝宮不盡平生懷古意倚筇長嘯夕陽中

觀海

訪勝閒來東海頭滄波遥望思悠悠雲光照水天疑墮山影排空地若浮入夜鮫人聽北斗有時龍女出前洲蓬萊芝草如堪問擬駕虹橋試一求

葉慕廬曰三四練切

寄陸止敬同年

纔繹荷衣便買山幽居別築小雲間止敬園名簾前綠草晴侵座戸外青松晝閉關有子金門稱國士憑君瑶島問仙班緇塵日日長安道遥憶高風剡水灣

劉了菴年伯初度令孫初薦賢書

裁眉月色澹秋顏霞外孤踪自徃還早賦歸來陶靖節晚隨禪悅白香山名傳紫殿五雲上心在金沙雙樹間喜見文孫初奪錦宮袍輝映彩衣斑

再被召用謝恩恭紀以下癸丑作

十載投閒渭水湄承恩重許拜丹墀星旗猶閃當年畫宮樹新添近日枝時際太平眞有象人歌帝德本無私小臣何幸蒙天鑒敢把貞心負所期

孫豹人日宮樹句勝劉郎元都觀裏桃千樹二語多矣

春闈執事作

禁城暖日靄春晴鎖院弘開集儁英萬國人倫歸朗鑑九天璧曜煥文明龍門晝閃旌旗色奎閣宵嚴鐸鼓聲慚愧小臣逢盛事願歌魚藻賀昇平

暮春宿闈左門郎事

風城落日散紅霞御水漣漪遶檻斜宮樹陰陰人散後晚風雙闕噪群鴉

哭王灌亭同年

方向金城哭友生（臨洮太守陳靜公訃聞京師未終月而君又奄逝）又將雙

淚爲君傾詞林典故悲前輩同學衣冠憶長兄（己亥館選）

（四十四人君爲之長）鶴翥晴空人萬里蟲吟深院月三更文章千載誰知已擊碎瑤琴不忍鳴

（葉慕廬曰中四句精文兼至）

秋霽同衛禹濤許部房愼菴樞部粲峒樵内史讌集王九青館吏齋中分韻得齊字

凉風吹雨過返照鳳城西秋氣疎林木晴光漾水溪堦前蟲語亂雲外鴈行齊竟日歡良會當筵月影低

（孫豹人曰五六幽秀）

薄宦同清署高懷碧漢齊開樽談往事剪燭賦新題幽賞聊從好榮名不可梯羊求知已在日日好招攜幾載長安道沉吟意轉悽養親甘薄俸報主任卑棲烏哺方悲子時採兒初殤牛衣懶對妻雄才羨君輩綵筆吐虹霓

濩落終何用愁心草色萋浮名蕉下鹿世味甕中雞微雨濃花放斜陽野鳥啼悲秋還作賦漫蹙兩眉低

秋水吟

西風梧葉飄金井梧葉中黃故謂之金井非井泉也露下溪邊草色

泠澄波一片瀉秋光披蓑漁人立孤艇歸鴻隊隊宿淺沙啄碎灘頭紅蓼花隔岸蒼煙迷遠溆華清落日思還家君不見瀟湘帝子淚流血洒淚盈竹竹欲裂又不見三閭大夫吟江渚搔首問天天不語每到秋來愁思多況逢秋水揚素波逸文忽憶漆園叟朗吟欲付宋宮娥宋仁宗宮女名秋水能誦秋水篇

甲寅三月十五日蒙恩侍養辭朝恭紀以下甲寅作

詔下金門丹鳳飛陳情長許侍親闈晴雲楓陛辭華衮暖日椿庭戲綵衣身近九天多雨露心懷寸草報

春暉南山菽水歡無限嵩祝年年拜紫微

侍　家大人西歸次方順橋壁間韵二首

躬侍藍輿向曉行征衣猶帶露華清官閑歸去無餘物攜得同朝歌頌聲諸友人贈余有忠孝完人冊歌詩數百首

深荷　皇恩慶此歸高堂春晝靄清暉遥瞻鄉國情偏切忘却征塵撲面飛

新樂和壁間韵

神京望未遠行旆自悠悠菽水將新命雲山此舊遊溪泖晴引岸官柳畫依樓遥憶驪城外黄雲近麥秋

孫豹人曰雅調

過故關用舊韵

天險何年闢重門設此關乾坤留一道燕晉隔層山列雉青霄外鳴騶綠樹間晴巖如舊識鷺見鬢毛斑

王阮亭曰三四警策不減龍門一篇王幼華曰百練成句工部之外殆無其儷

歸途寄上　乾甫伯父

憶昔豐門言別日把盃相對淚潸潸歸期已定三年內鄉夢常縈五夜閒喜拜鸞書辭紫禁得隨鳩杖看

青山飛鴻先寄還家信發檢應知一破顏
李劬菴日說來猶令人神往

懷衛枚吉

綽約新嬌生眼底侵尋舊事上肩尖問君别後愁多少得似春潮夜夜添此蘊長公在錢塘見蔡君謨壁間詩有感而作也余出都病枚吉臨扇贈余展閱之際不勝兩地之思爰次其韻以述懷云

三年舊事留杯底千里新愁寄筆尖還憶東軒枚吉齋名

藤漸老綠陰此日幾重添

七月七日祝舅氏常德符先生

舅年七十三鬓蒼雙瞳綠母年二十四捐幃一何促
天若假之年五旬今又六余也實不才罔極愧顧復
欒坡叨君寵母不沾微祿鳳章荷君恩母不覩象服
浮生四十年憂樂母不矚所存惟舅氏撫視慰㷀獨
舅負凌雲志南山千仞矗舅抱作賦才西江三峽瀑
早歲事壯遊芒鞋遍嶽瀆策蹇入國門公卿皆屬目
歸來絕進取潛志隱山谷兒孫環膝前經書盈笥簏

扶節高岡上濯足清流曲任是塵世榮難易天然福
憐余幼失恃舉足成彳亍見舅如見母毛裏天親屬
新秋七月天涼風正謖謖天襄錦可裁銀河清可掬
再拜獻壽觴一辭爲舅祝

王幼華曰壽舅詩即哭母詩俱從至性中自然流出讀之使人感愴乃知無至性人共非文人也

夏日遊驪山東嶺二首 以下乙卯作

看山真不厭策杖歷層阿蒼岫欹危樹丹垣護女蘿
泉聲鳴谷細鳥語入林多俯檻臨清渭埛川十里波
繡嶺名何昉當年翠輦來芙蓉迷舊苑烽火隱荒臺

佛刹留雲鎖樵歌步月回山翁欣共語隨意坐莓苔

夏日同恒明上人遊驪山之麓

火雲流午日避暑入幽林草没紅樓逕風來綠樹陰對僧忘世好遯跡愛山深三載京華夢相逢見素心

余在京送恒明西歸序有俟我於驪山之陰句

遊風谷

谷口有風伯廟里民歲時禱祀輒應邑侯李裔芳紀其事

偶來風谷口肅拜古祠前星自從吾好民因報所天

殘霞回嶺樹幽澗咽山泉坐覺涼飈起飄然竟欲仙

閑居

陳情歸田間僻性愛幽獨閭門纔數步披襟日往復雨霽晚霞紅煙開山樹綠摩詰圖誰寫淵明酒可漉咫尺逍遙莊驪山下有唐人韋嗣立閒中宗嘗幸此封爲逍遙公仰止欽高躅

秋日過新豐口占

驅馬新豐木葉黃行人指點舊宮墻猶移故里承親意豈有分羮對項王王既亨日爲高帝卅脫意自好

雨中過萬固寺留別文源和尚

古刹崚嶒鎖翠微老僧相見意依依孤燈茗椀同吟句細雨禪牀暫息機入夜山空清磬遠凌晨露滴野花肥憐師愛我情偏切十里追隨未忍歸

塩池二絕

點點瓊花水面鋪如從雪裏望西湖池開天寶前民用不比濃妝悦大蘇

南對條峯似翠屏歌薰樓外晚煙青爲愁民慍何時觧似得虞絃耳畔聽

發鳩山行贈高冲虛

君不見發鳩山光淡如掃凌空直上秋雲杳下有七旬鶴髮翁皓齒方瞳不知老少年作賦稱豪雄詞源傾瀉銀河倒胸懷磊落橫古今俯視三峯大華小只今懷鉛千里行骯髒意氣如平生干戈滿眼三秋日兒女關心兩地情我亦策蹇尋故友見君諮諏握君手人世浮沉不可論瞬息白衣變蒼狗周也爲蝶蝶爲周達觀莫讓漆園叟君敲銅鉢我作歌葡萄美酒金叵羅主人殷勤重留客（高平令張觀海署中）相逢不飲意如

何我聞發鳩之山有鳥精衛仇滄海銜石日塡海仍
在人生有情類如此不如扶杖山頭長嘯青天外

禾黍行

秋山霜落草木黃禾黍穰穰滿路傍男兒晨出事刈
穫婦子爭趨饋壺漿一擔斜挑秋葉露傾筐微聞野
豆香歸來禾黍堆滿院烹葵煮薤開家宴鷄鳴犬吠
有光輝打鼓釀錢賽神願豈知盈倉未終朝紛紛官
書已下縣

王阮亭曰有
張王樂府意

烏嶺行

烏嶺之東長平西諸峯犇互失高低上出青冥見白日下臨絕澗鳴清溪山空日暮行人少虎豹長號猿狖啼攬轡躊躇落照前忽憶

先皇端拱年朝廷無事民安堵闕門日日搜遺賢丹墀揮毫爭獻賦賦成竊被龍顏顧白馬驕嘶紫陌春金蓮光照玉堂暮豈有才猷荅聖恩終覺文章厄時數只今歸山事老親負米誰憐季路貧漫說聲華動朝宁空逐車塵笑路人人生窮達各有命翟公賓客

安足嗔

過翼城登潞公臺

九月霜飛秋已深偶來駐馬此登臨溪回澮水浮清冷日霽翔山照碧岑四面煙嵐當日蹟千家砧杵故鄉心潞公遺勝空千載壁上徒勞過客吟

翼城遊灤池

翔山秋霽勢嶙峋下有寒塘吐碧津百道清流環晉域千年禋祀享灤神朱樓畫閣雲中出紅葉黃花雨後新策馬郊原斜日暮涼風歸路靜無塵

驪山歌祝　乾甫伯父八十有二

金秋爽氣澄碧空驪山羣邑開芙蓉石甕流泉天半落蒼巖古柏鬱龍蓯我伯養真驪山下杖履翩翩自瀟洒十回鎖院阻長風一向戟門振大雅只今解組隱墻東小園築近華清宮門栽緑柳同陶令戶對青山似謝公鶴髮皤皤番滿肩高談健步地行仙非熊入夢多兩載伏生傳經少入年小子陳情辭翠輦侍父歸來鴻門坂兄弟香山稱二老猶子竹林愧小阮重陽節近菊花黃九月七日風過東籬滿院香十千沽得

新豐酒醉看驪山樹影著

九日樊橋道上

搔首西風意若何重陽又向客中過浮生天地萍踪
遍滿目雲山鴈影多幾見黃花迎道路俄聞赤羽靜
關河時泰中報捷驪峯西望庭闈近策馬橋邊一放歌

孫豹人曰老氣無敵

蒲州普救寺

按志寺舊爲西永清院後漢郭威討李守貞
經年不下延院僧善問之對曰將軍但發善

僉城必克矣威折矢爲誓明日城下不戮一
人遂改名爲普救

老僧一語下重關普救題名豈等閑何事雙文傳豔
曲都將蘭若作桑間

秋日過朝邑懷李叔則先生

西望黃河岸先生此舊居傳家無長物垂世有遺書
野渡波光合斜陽樹影疎千秋懷大雅立馬意躊躇

孫劉人日
情深洛老

答同官殿右史以書見訊

曨曈曉日照東華遥憶故人白鼻騧彩袖分將宮樹色錦鞭飛逐御溝斜琳瑯才望推清署鍾鼎勳名重世家繡嶺峯頭懷舊友常題鴈字到煙霞

哀申暘賓進士諱旭別號若木予丁未進士

吾友若木子清標迥不同讀書觀大義作賦冠群公少年同研席聯牀環堵中冬冷簷氷墮夜深燈火紅琢磨君子業期許古人風祖鞭余先着冀群君後空前途爭自勵期不負始終胡爲中道殂幽魂遠夢通君殁之時余夢於京邸書樓飛颺鼠花逕長蒿蓬丈夫事已矣

遺恨嘆無窮

哀任志伊茂才諱汝尹先大母任恭人姪也

君爲中表尊乃結忘年友意氣邁千秋壯懷聆升斗
坐談風雨生振筆蛟龍走角勝翰墨場霜蹄爭馳驟
不義而富貴談之輒色忸惜哉凌雲志困時空白首
貧餘司馬賦命喪伯倫酒癖飲斗酒而卒箕裘少嗣繼風流
復何有墓草自芊芊英雄氣在否俯仰愴吾懷迸淚
灑林藪

雙峯草堂初成賦詩四章呈　乾甫伯父併示

王茂衍劉介菴諸子以下丙辰作

含南營別墅結宇對雙峯樹影當窗綠山光入座濃長渠春灌水古寺夜聞鐘坐看高林晚斜陽下夕舂十載歸田願青山可作鄰校書慚　聖主躬稼悅嚴親圖史堪娛日鶯花觧媚人迂踈從所好不是厭緇塵

椿庭登八秩伯壽過三年白髮雙親老青雲諸子先看花宜野服煑茗覓山泉樂事家園足金沙驪山有金沙洞小洞天

輪蹄喧戸外性靜道常存書擁鄴侯架酒浮元亮樽
僧來眠白石鳥倦息黃昏定省餘無事香楊晝閉門

王茂衍曰澹園歸養後構雙峯草堂日侍乾甫紹甫兩先生嘯咏其中爲遠近羨慕今觀四詩情景依依眞有不可以三公易吾一日者

五憶詩

馬陵山枕黃河流粉堞高衙㕔小樓波光雲影兩經
秋最憶離欄吟眺處西風吹雨墮汀洲
金山古寺當江心四顧蒼茫江氣深白雲綠樹甕城
陰最憶層臺登眺處夕陽古渡漁父吟

虎丘山對姑蘇城響屧廊空秋草生館娃宮裏暮鶍鳴最憶浮圖遊娛處月明風細劍池平

平湖十里涵秋光雨過兩峯色更蒼六橋煙樹愁人腸最憶畫船歌舞處陸公祠畔桂花香

萊陽地接東海東萬里波光映天空芙蓉小島一帆通最憶沙洲騁望處驚濤盪日朝雲紅

夏日陪郝得中郡丞遊驪山

青山喜在刻門外六月陰森景更幽百尺清流來碧漢千巖密樹隱紅樓雲光細逐金鞍轉花影輕移玉

萍浮爲羨使君饒意與黃昏孤樹坐淹留

偶題

秋浄清波影霜寒紅樹枝不才甘自棄學理潤濱絲

上圖大將軍駐節溫泉十韵 以下丁巳作

赤符開景運黃耇降喬嵩啓沃三朝老專征萬里雄驅車平瀚左（時新自遼左凱旋）飛檄定關中丞相干城寄將軍茅土崇（以招撫平京功封公）烽煙清紫塞旌旆捲晴空休士涇原北觀風灞水東露臺瞻漢殿玉液訪唐宮人是周姜尚名高郭令公渭川流愷澤繡嶺勒鴻功擬上

武成頌揮毫愧未工

葉慕廬曰通首典麗高華是長律本色

贈姜郎 以下戊午作

余仲兄漢公卒於建寧令署時風鶴初定音問爲艱有姜綀總先者慨然請行報訃入秦余一見痛悼幾不能生時四月初三日也因思東坡謫粤東僧契順爲公寄家書贈以他物弗受第請公書一幅夫公尚覩息人間僧知重書或亦學者流也余兄既殁先又介胄

士毫無所好其人不更在契順上哉臨歸詩
以贈之
契順傳書向粵東姜郎報訃到關中如君高義真無
比顧我題辭愧長公

哭陳濼菴二首 由臨潼令擢耀州守

幾年潼水曲花裏聽鳴琴撫字恩原重文章誼更深
白雲迷渭渚孤月落驪岑咫尺桐鄉近招魂擬楚吟
握手東郊外詎期長別離藥窮仙洞草 耀州有孫真人洞 淚
洒峴山碑戛館啣盃日春風着屐時傷心思往事不

盡淚交頤

夢題桐葉箋 己未作

西風吹落葉蕭颯嘆秋凉獨有凌霄幹高岡待鳳凰

孫豹人曰昔人謂李太白夢中亦不作乞兒語澹園亦然

孟夏六日宿孫家灣遊龍泉寺張中丞祠感舊

和壁間韵 以下庚申作

驅車重過洛河邊柳樹陰陰四月天霧歛遠峯微雨後溪流野墅夕陽前風塵奔走憐雙鬢生死悲凉憶廿年二十年前同長兄侍祖母暨繼母偕丙子赴家嚴任今皆見背不勝感慨回首不堪

追往事荒祠古刹漫留連

吳門哭金有顯太學

藕花零落滿江洲痛絕交情二十秋堂上老親悲杖履堦前稚子泣弓裘文章半世青雲夢兄弟齊名白玉樓弟嘉賓余同舘友早喪涼夜二松軒公家堂名下坐不禁清淚洒西州

別顧紫瀾文學次原韻

萍踪廿載半江湖客裡逢君興不孤快論涼風霏玉屑清標夜月映氷壺周南雅化誰分陝顧劭文章久

著吳別後蒹葭應繫念遥看歸鴈下平蕪

紫瀾再以詩別用原韻答之

大雅由來重士安石湖秋月壘交歡燈前共許青樽倒物外人憑白眼看蟋蟀長吟憐夜冷芙蓉半落畏霜寒春明待汝燕臺下莫倦風塵老鶡冠

浦口贈李玉庭副戎

抛却龍泉二十春竹樓高卧大江濱懶將黃石問經世時坐丹房學養眞堦下驊騮爭自奮窻前松檜足相親只今　聖主懷頗牧未許將軍老釣綸

江行雜咏十首

金山一柱鎮江流萬里奔濤到此收上有層臺雲外見憑闌東瞰海門秋金山寺

孫豹人曰氣象崢嶸

六月江南暑雨多微風不動水生波片帆斜剪中流急十里青山一瞬過瓜洲渡江

江天澹澹映晴空雲斷西山落日紅高捲湘簾停桂棹蘆花洲上看飛鴻黃天蕩夕景

孫豹人曰唐人寫景佳句

江清浪靜晝常閒幾日牙檣傍水灣纔說東風來正
好回頭已過數重山　朱家嘴守風

黑夜陰雲激怒雷和風和雨震江隈電光頻掣金蛇
影親見神龍戲水來　良么見風暴

輕帆快槳小漁船撇去青絲網自牽聞說鰣魚初到
日一頭曾換幾千錢　浦口漁舟

狂稱李白千杯酒勇說開平八尺槍采石磯邊尋往
事溪山無語暮雲長　采石磯

孫豹人曰
盛唐氣格

祠殿巍巍江水傍禍淫福善理尋常舟人不解明神義日把牲牢祀大王 禮陽金龍大王廟

何事磯名稱太子丹垣綠樹聳江閒夜來風雨龍吟處水面旌旗自往還 太子磯

燈火城頭夜柝鳴孤舟獨坐百愁生還鄉有夢江靈妒枕畔飛濤不住聲 皖城夜泊

贈吳釆臣臬副

聚首天涯非所期傷心同賦蓼莪詩 時釆臣與余同讀禮 星沉歷水君空歎雲黯泰山我自悲萬里歸鴻驚遠夢三

秋幽桂慰離思欲知別後懷人處露冷江城落葉時

贈倪石麓同年

西風落葉歎天涯江上逢人鴈影斜北闕當年同獻賦東籬此日獨栽花前平湖令攜來白鶴憐清宦代有青箱重世家令子翩翩能繼武饒君逸興老烟霞

歸途雜咏十首

纔跨征鞍復泛舟西風一葉坐中流行來水國多稱便免得紅塵撲道周桐城渡練湖

竹壁茅簷半啓扉三三五五自相依臨湖罺客饒佳

味藕正香甜鰷正肥 郢城即事

莫詫柔奸多媚態如公一笑比河清傳來異蹟雖奇幻當日閻羅已著名 合肥包孝肅公祠

鯨鯢震蕩海天愁力挽長淮鎮上游 己亥秋海逆犯順伯兄守鳳陽提兵禦之 堪嘆功成身就死至今遺恨繞清流 過淮河

河圖一畫文章祖後世紛紛日苦多造物當年能慮此不教龍馬出洪波 陳州伏羲墓

隧地重泉雖若戲片言悟主更無倫史稱錫類惟純孝豈似茅焦說暴秦 穎考叔祠

俗士懷鄉同越鳥先生嚬莛更誰儔爲貪此地風光
好公愛西山之勝嘗稱爲小峨嵋隨意眉山是首丘郟縣蘇東坡墓

橫渠墮學振關中呂涇野馬谿田韓苑洛楊斛山道不窮更有
先生能繼武流風猶自在崆峒伊陽崆峒書院文太青先生講學處

沖人輔相一時業文武傳心百代師假使風雷終不
變千秋道統亦歸之洛陽周公廟

秋原落木晚風涼處士遺蹤問草堂當代君臣非賤
士紛紛禱祀正匆忙陝州魏野草堂

于阮亭丹江行及此二十首賦風土則
近竹枝覽古蹟則如詠史皆可傳也

出都門留別王嶽生王紉華家遜齋三給諫房

愼庵衛禹濤兩侍御霍卻室經歷以下癸亥作

爲郎廿載歎沉淪復捧　天書慰九真詔下日南歌

聖澤花飛薊北別同人離情共對樽中酒行役寧辭

陌上塵今夜郵亭應有夢來朝懷抱向誰陳

真定同鄒玉立侍讀登大悲閣

崔巍高閣倚雲開携友登臨意快哉俯瞰南交猶萬

里回頭北極是三台曉風飛鳥當窓過落日晴光入

檻來笑指郊原花木岸凌晨共渡莫徘徊

贈鄒玉立侍讀

連袂西曹二十秋重膺　簡命下交州多君載筆推
清禁愧我含香漸白頭驛路風沙同策馬夕陽煙樹
共登樓良朋快慰平生志萬里馳驅不解愁

望藁城先大父舊宰邑

當年大父分符地立馬郊原憶歲時沱水沙堤還曲
岸肥城棠樹有新枝雲山不盡千秋仰耕鑿常懷百
世思自愧未能繩祖武勉將王事効驅馳

黃鶴樓同孫子立李劬菴毛子霞蔣玉淵張石

虹讌集分賦二首

幾年黃鶴下江城江上高樓此得名山對鳳凰諸嶂
小洲連鸚鵡晚潮平樽前芳草迎人醉檻外幽禽送
樹鳴慰籍南交途萬里天涯歡會不勝情

六月江頭暑氣深層軒載酒共追尋仙人騎鶴空千
漢詞客揮毫自古今隔岸孤帆迷別渚當窗暮靄起
遥岑不愁讌罷歸來晚明月晴川影未沉

遊洪山寺同鄒玉立侍讀孫子立編修

鄂城東郭外舊有洪山寺剏始不記年歲久漸崩墜

聞說張中丞爲政有餘地偶步碧山阿因起鋪金計
規度自經營刈草施塗墍飛閣駕虹梁壯麗神工異
亭臺隨意設垣墻蘿薜荔江山只一覽登眺堪托寄
携朋作勝遊隔宿壺觴備侍讀胆氣雄高崖騁短轡
編修興味長鄭盃不辭醉中有老頭陀靜坐禪關邃
濃花堦下生入定雙僧侍與之揮麈談頗悉西來意
吾道雖未聞得心亦有致夕陽下遥岑返照湖光媚
吏人催歸程顧此不能置楚天萬里長白雲如有俟

題漢陽太守蔣鶩洲先生祠

大別孤峯俯漢江先生爲政此名邦行春有脚通南紀退食多聞卧北窓河内治行稱第一于公陰德本無雙先生前官北部多平反於今俎豆睛川上落日山城憶書幢

嶽麓禹碑歌

衡嶽之峯七十二其麓綿亘於長沙西南一峯尤突起上有禹碑臨谿谺我來停驂一問之攀藤捫壁凌蒼霞此碑昔在岣嶁巓歲久不知代幾加靈物爣恍時難覯鬼神呵護隱光華宋人何氏偶一見再往如

泛桃源槎意匠經營舉置此撇捺勾劃毫無差鳥跡
蟲文不可辨龍飛馬奔勢攫拏成都揚愼爲釋文其
中佶屈多聱牙隨山刊木斡爻蠱八年胼胝忘其家
地平天成錫元圭帝嘉乃績重咨嗟典謨人稱文字
祖尚有此碑埋蓬麻伏勝傳經豈遺此我欲竊補效
女媧余家闕中多金石泰碣漢書競紛譁皇古法物
垂百代遂令後起慚淫哇楚南勝跡此第一持歸好
向野人誇

德慶州初度述懷

余生丙子歲六日時冬季提携方七齡慈母忽見棄
父念失恃兒朝夕喣噢至晝食同几席夜眠連枕被
稍長授之讀經書訓大義苦志足三冬厠名竊兩試
忝列侍從班素餐徒尸位觧組出國門青山聊托寄
聖恩垂曲照復起趨丹陛未幾將父歸得遂躬耕志
胡天不可問痛洒高堂淚服除赴徵車柳下慚三仕
再典東曹禮因駁南交轡萬里數
皇仁貸涉忘勞瘁返棹泊三洲懸弧此日是四十有
九年追憶怳如醉父母不我留兄弟不我俟六子俱

夭殤鞠勞心空費伉儷兩分張井臼失中饋子然七尺軀骯髒立天地　兩朝恩未酬一室難爲計鬢髮已半蒼耳目昏聽視性道終難聞功名亦多躓回首情不堪孤縈照舟次長江日夜流不覺年華易伯玉早知非敢負生成意

願學堂詩集卷之下終